L'apprendista del sesso

Impressum

© 2024 Summer Winter

Druck und Distribution im Auftrag der Autorin:

tredition GmbH, Heinz-Beusen-Stieg 5, 22926 Ahrensburg, Deutschland

tredition GmbH, Abteilung "Impressumservice", Heinz-Beusen-Stieg 5, 22926 Ahrensburg, Deutschland.

Premessa:

Cari lettori,

grazie per aver acquistato il mio libro.

"The Sex Intern" è un romanzo breve erotico. Si tratta di un giovane che fa uno stage in un ospedale. Lì incontra una donna molto speciale.

Ma ora per la mia persona reale. Mi chiamo Summer Winter. Sono nata nel 1982. Fin dalla mia infanzia ho scritto storie di ogni tipo. Più invecchiavo, più forte diventava il mio desiderio di scrivere storie erotiche. Ed è quello che faccio ora.

Non aderisco a nessuna convenzione fissa. Nessuna idea rigida o visione generale. A volte scrivo dal punto di vista di una donna, a volte da quello di un uomo. Perché le mie storie sono fatte per entrambi i sessi.

Spero di rendere felici i miei lettori con le mie "opere". E ispirarli ad atti erotici. La storia seguente è in parte inventata. Ma una gran parte è basata sulla mia vita.

Il tuo Summer

L'apprendista del sesso

Qualche anno fa ho fatto uno stage di sei mesi in un ospedale della contea. Questo includeva il fatto che ho dovuto lavorare un certo numero di ore notturne per far riconoscere lo stage. Sono stato quindi assegnato come secondo dipendente per il turno di notte. Le prime due notti sono passate senza intoppi per me, ma la notte successiva non dovrei mai dimenticarlo.

Il mio compito era quello di entrare nelle stanze quando un paziente suonava il campanello. Per lo più era monotono, perché spesso davo all'infermiera notturna solo quello che il paziente desiderava. Come stagista mi è stato permesso di fare solo alcuni lavori.

Così questa volta sono andato nella stanza C4 per vedere cosa voleva il paziente. Era una donna russa che parlava con un bell'accento.

L'ho notata la prima notte. Indossava solo una camicia da notte sottile, leggermente traslucida, che nascondeva tutto, era alta 1,65 m, aveva i capelli neri scuri con la coda di cavallo ed era molto delicata. Solo il suo seno non si adattava così bene. Probabilmente aveva un busto di 95-100 cm. In quel momento l'ho accompagnata dal bagno al letto perché le girava la testa. Poiché la camicia da notte aveva una scollatura bassa ho avuto una bella vista del suo seno, ma non ho notato nulla. Durante il giorno l'ho sognata, il che è comprensibile.

Ora Katharina si è seduta sul bordo del letto e mi ha chiesto di avvicinarmi. Alla mia domanda su ciò di cui aveva bisogno non ha risposto all'inizio. Ho notato che qualcosa la preoccupava. Dopo una pausa esitante ha risposto "Voglio baciarti". Naturalmente sono rimasto molto sorpreso. Risposi tranquillamente:

"Sei sposato, dopotutto". Ha ingoiato qualcosa e ho visto il suo seno alzarsi e abbassarsi al crepuscolo. "È solo un bacio, non c'è niente da fare. Non so se mio marito è fedele mentre sono sdraiata in ospedale con lei. Penso che almeno ci proverà con altre donne". "Beh, io non ho nulla in contrario a un bacio, visto che anche tu sei una grande donna". "Allora siediti accanto a me sul letto". Le ho fatto subito il favore.

Inoltre, ho notato che qualcosa si muoveva nei miei pantaloni. Questa grande donna voleva baciarmi. In segreto, avrei voluto che fosse un po' di più! Un po' timidamente ci siamo seduti vicini. Poi si è girata verso di me e mi ha dato un bacio veloce sulla guancia. WOW! Che sensazione. "Ti è piaciuto" mi ha chiesto Katharina? "È stato un bacio meraviglioso, vorrei avere una ragazza come te! Ridacchiava dolcemente. "Beh, ti bacerò di nuovo. È possibile che tu debba recuperare un po' di tempo?". Mormorai qualcosa a me stesso che la costrinse a baciarmi di nuovo sulla guancia.

Ma questa volta molto più intenso! "Katharina, so che sembra un po' azzardato, ma potremmo fare un po' di più? Se non vuoi, posso capire, visto che sei sposato". Questo è tutto. Mi ero spinto abbastanza lontano con la mia richiesta ed ero curioso della sua reazione.

"Certo, se promettete di non parlarne con nessuno". "Lo prometto", risposi frettolosamente. Ero abbastanza eccitato, soprattutto perché era già successo qualcosa nei miei pantaloni. Ma Katharina l'aveva nascosto fino ad ora perché c'era solo il crepuscolo. "Bene, allora voglio baciarti come si deve" ha detto. Senza esitazione, mi ha dato un bacio alla francese. Le nostre lingue hanno combattuto una battaglia per la supremazia. Coraggiosamente ho raggiunto sotto la sua camicia da notte con la mano sinistra e ho sentito il suo seno sinistro teneramente. Anche Katharina gemeva dolcemente. Questo è stato per me il segno che ovviamente le è piaciuto.

Inaspettatamente si è allontanata da me. Ho subito tolto la mano dal suo seno. All'inizio non sapevo cosa stesse succedendo. "Beh, ci stai provando" mi ha sussurrato. "Ma è così che voglio" ho detto con sollievo, "Avevo già sognato che fossimo intimi, tu sei una donna che risveglia il desiderio in un uomo". Un po' scoraggiata ha detto: "Ma mio marito non la vede in questo modo. Vuole solo il sesso veloce. A volte penso che abbia una relazione con un'altra donna. Quindi non perdiamo tempo". Senza esitazione, Katharina mi ha afferrato il cavallo e mi ha slacciato i pantaloni. Il mio cazzo le è saltato addosso, anche se era solo mezzo rigido. "Sistemo tutto io", disse, ridacchiando come una ragazzina. Un sogno che si è avverato per me!

Subito cominciò a leccarlo con la lingua. In cima, Katharina ha preso quello quasi rigido in bocca per lavorare di nuovo sull'albero. Non doveva ripeterlo spesso, in modo che il mio pene fosse completamente esteso. Ora aveva anche la sua dimensione completa di 23 cm di lunghezza e 5 cm di circonferenza. Ora me l'ha soffiata come non l'avevo mai sperimentata da una donna prima d'ora. Io, da parte mia, ovviamente non sono stato inattivo. Con la mia sinistra ho allungato dall'alto la camicia da notte e le ho massaggiato il seno alternativamente. I capezzoli erano già sporgenti, dovevano essere lunghi 1,5 cm e duri come una roccia, il che mi ha fatto massaggiare il suo seno e farle roteare i capezzoli alternativamente. Non avevo mai avuto un seno del genere tra le mani prima d'ora. Poiché Katharina si sedeva sul bordo del letto, si chinava e me ne soffiava uno, i miei seni penzolavano dal mio corpo. Solo ora ho notato che aveva dei veri seni cascanti, ma si sentivano totalmente sodi. Dev'essere stato uno spettacolo da vedere quando ha indossato un bikini sulla spiaggia!

Nel frattempo Katharina aveva aumentato la velocità. Ma improvvisamente si è fermata. "Beh, è di tuo gusto?", chiese maliziosamente. "Andate avanti" ho risposto solo frettolosamente. "Allora dovrai fare un po' di più per me, dopo tutto è faticoso lavorare sul tuo donatore di gioia", ha spinto fuori. "Quello di mio marito è spesso solo 15 centimetri e solo la metà di quello di mio marito. Il tuo cazzo è solo il secondo per me. Non ho fatto sesso con nessun altro prima di mio marito". Poi ha ricominciato a farmi la testa e a grattarmi le palle. Sono rimasto molto sorpreso da questa affermazione.

Stavo per soddisfare la sua richiesta. Le ho infilato con cura l'altra mano nelle mutandine. Quello che ho trovato è stato semplicemente geniale. Katharina aveva una figa leggermente pelosa! Con le dita ho lavorato sulle sue labbra per spingerle due dita nella figa. Non mi ha sorpreso che fosse completamente bagnata. Così ho spinto le dita nella grotta bagnata, le ho tirate fuori di nuovo per spingerle dentro e ho lavorato alternativamente sulle sue labbra. Con l'altra mano ho continuato a lavorare sui suoi fantastici seni. Ci siamo cullati a vicenda per almeno 5 minuti, quando ho notato come il suo corpo si è improvvisamente teso. Katharina voleva urlare, ma aveva ancora la bocca piena. Così durante l'orgasmo ha prodotto solo un profondo gemito.

Io stesso non riuscivo più a controllarmi e le afferrai la testa con entrambe le mani. Così ora il mio cazzo era in fondo alla sua gola. Non potevo più trattenermi e con 5 spinte decise le ho sparato il mio sperma in gola. Katharina ha iniziato a inghiottire e a fare gargarismi, ma era troppo per lei. Le avevo iniettato tutto. Dopo una breve pausa si è seduta di nuovo e ha acceso la luce sul comodino. Ora ho visto che il succo le colava agli angoli della bocca, sostenuta dal suo sorriso come un "cavallo da torta al miele". C'era molto di più sulla lingua. Anche la camicia da notte è stata danneggiata. Si pulì la bocca con la mano e ingoiò il resto.

"Non ho mai creduto che esistessero cazzi così grandi", sottolinea Katharina. "Mio marito diceva sempre che quello che aveva nei pantaloni era già abbastanza grande. Di più non sarebbe quasi possibile" le ho sorriso brevemente. "Bene, allora ora conosci la realtà." "Ma il tuo sperma era semplicemente troppo. Non ne ho mai avuti così tanti, ma è stato comunque bello sentirli. Solo ora conosco la vita reale". "C'è di più per voi se lo volete", ho aggiunto coraggiosamente. "Con mio marito il sesso è come una strada a senso unico, ma TU hai fatto qualcosa, mio marito vuole solo divertirsi, non gli importa di quello che mi succede. E il mio orgasmo con te! Semplicemente fantastico. "Non c'è niente come a casa quando ogni tanto ho un orgasmo".

"Possiamo rifarlo qualche volta? Forse anche di più" chiese Katharina. "Non ho nulla in contrario" rispondo subito. "Ma non voglio infilare il mio cazzo nei pantaloni in quelle condizioni" intendevo a secco. Ha capito subito e l'ha leccata pulita. Mentre lo faceva, era chiaro che le piaceva. Con un'ultima fessura della lingua si è leccata la bocca pulita e ha iniziato a ridacchiare. "Se mio marito sapesse cosa ci faccio qui. si arrabbierebbe molto". "Come pensi che reagirebbe? "Penso che uscirebbe subito e si ubriacerebbe o cercherebbe di avere un'avventura di una notte". "Altrimenti mi trascinerà sul letto e cercherà di fare sesso con me. Di nuovo a senso unico, come ti ho detto".

Ci siamo salutati con un grande bacio alla francese. Poi ci siamo scambiati i numeri di cellulare. Ha notato che sembravo un po' insicuro. "Non preoccupatevi, mio marito non sa che ho un cellulare. "Non si preoccupi, mio marito non sa che ho un cellulare". Ho giurato a me stesso che l'avrei fatto.

Quando ho lasciato la stanza, Susanne è venuta da me. "Facciamo una pausa adesso. Ho già riscaldato il cibo". Ero così affamato che l'ho quasi mangiato. "Così ora le nostre 3 notti sono quasi finite. Dovete dirmi come vi è piaciuto e cosa avete fatto. So che ti piace bere il caffè. Quindi questo pomeriggio a casa mia alle 3:00"! Aveva un'espressione che non avevo mai visto prima. Mi chiedo se sa qualcosa.

Quando sono tornato a casa, avevo molte cose per la testa. Katharina dirà qualcosa a suo marito? No! Ovviamente le è piaciuto e mi ha dato un invito per un incontro. Ma cosa intende fare Susanne con l'invito di questo pomeriggio per un caffè? Non ci penso molto, dopotutto oggi si chiarirà tutto. Così ora ho dormito fino a mezzogiorno perché ho lavorato tutta la notte.

Mi sono svegliato da solo, perché avevo dormito in modo molto inquieto. Probabilmente è stato a causa del rumore dei bambini nella strada dei giochi dove vivo. Immediatamente Katharina mi è tornata in mente, ma ho subito spostato ogni pensiero su di lei, perché sono andato all'incontro con Susanne.

Nel pomeriggio sono andato in macchina all'indirizzo che mi aveva dato. Aveva davvero una bella casa. Con qualche palpitazione cardiaca ho suonato il campanello. Dopo poco tempo Susanne aprì la porta d'ingresso e mi invitò ad entrare. Aveva una gonna corta e una camicetta di seta chic, che non era più abbastanza abbottonata. Questo ha dato una grande visione del suo non trascurabile seno spaccato. Susanne ha sorriso quando ha visto il mio look per via del suo vestito sexy. "Sono appena arrivato dall'aeroporto. Ci ho portato mio marito perché deve andare in viaggio d'affari con due colleghi. Non mi è stato permesso di indossare nulla. Ha fatto una cattiva impressione sui colleghi. "Ora, venendo qui, ho aperto un po' la camicetta perché fa un po' caldo.

"Sì, certo" mormoravo. "E grazie ancora per avermi invitato". "Lasciate che vi mostri la casa prima" Aveva una casa davvero bella, il giardino aveva anche una piscina e una sauna nel seminterrato. Al piano terra c'era il soggiorno, una grande cucina, uno studio, un grande bagno con vasca idromassaggio e un ripostiglio. "Vieni con me, sono particolarmente orgogliosa del primo piano", così salì le scale. Questo mi ha dato la possibilità di guardare le sue lunghe gambe formose. Sotto la gonna si vedeva un gran bel culo mentre saliva le scale. In cima sono rimasto davvero sorpreso. Il piano aveva 2 camere da letto, ognuna con il proprio bagno, 2 camere per bambini, che non sono state utilizzate e un camerino extra con cabina armadio per Susanne.

"Puoi andare in cucina e mettere su il caffè, troverai la tua strada", ha detto dopo il tour. "Mi vestirò prima con qualcosa di più comodo" Questo mi ha dato l'opportunità di pensare a Susanne. Sapevo che aveva un bell'aspetto, ma quello che ho visto di lei oggi è stato mozzafiato! Susanne aveva un corpo che poteva farti sputare - capelli castani lunghi e sottili, seni grandi e gambe sexy. Dai pantaloni che indossava in ospedale non l'avevo mai notato prima.

Avevo fatto il caffè in fretta, dopotutto c'era una costosa macchina automatica in cucina che rendeva la preparazione molto più facile. Anche Susanne è tornata da me dopo pochi minuti. Ora indossava una minigonna ampia e ariosa, che non era neanche lontanamente stretta come la precedente, ma solo comoda. Indossava anche una camicia bianca con una scollatura molto ampia e profonda. "Bene, allora usciamo in terrazza nel giardino d'inverno" mi ha chiesto.

All'inizio abbiamo parlato in modo banale. Più tardi mi ha chiesto quasi esigentemente: "E come ti piace il suo lavoro? Cosa farai dopo il tuo tirocinio?". "Ho ottenuto un lavoro nell'amministrazione come supervisore di computer e software. Questo è anche un po' più della mia qualifica" le ho risposto: "Ehi, suona molto bene. Allora non sarai più così a corto di soldi. E lo stage - come sta andando?". "Oh, mi piace molto". "Ma il turno di notte fa bene anche a me, non è vero?" Ero un po' titubante sulla sua domanda di ricerca. "Sì, certo, non potevo lamentarmi."

"So cosa vuoi dire", rispose con molta fermezza. "Ero a conoscenza della sua esperienza notturna con il paziente. I vostri rumori non possono essere ignorati". Credo di essere arrossita. Perché all'inizio rideva maliziosamente. "Non importa. Non dirò niente a nessuno. "Se fossi in te, non avrei fatto niente di diverso. Ora ha detto: "Ora voglio sapere praticamente come è successo. Hai già fatto pratica stasera!". Ora ero sbalordito. Una collega di lavoro mi ha chiesto di fare sesso con lei! Un po' perplesso ho detto: "Ma tu sei sposato! "A suo marito non piacerà." "Non preoccupatevi di lui. Non c'è molto da fare tra noi a letto e lui si sta già divertendo alla conferenza. Sono sicuro che lo farà".

Senza esitazione, si è inginocchiata e mi ha tolto pantaloncini e mutandine. Anche Susanne ha preso il pene in mano e si è fatta una bella sega. "Non essere così brillo - non ho mai imbrogliato prima d'ora, ma quello che ho sentito stasera mi incuriosisce". "Mai imbrogliato prima? Non ti dà fastidio quando lo fa tuo marito?". "Lo fa con il mio consenso. Se lo facesse in segreto, sarebbe peggio per me. L'unica condizione è che usi il preservativo. Ho già parlato di divorzio in passato, ma lui non vuole sentirne parlare. Quando voglio divertirmi, chiamo Yasmin. Allora passeremo una bella serata. Perché sono bisessuale". "Conosco Yasmin. "Conosco Yasmin, è la bella bionda che vive nella casa accanto. Abbiamo avuto un'avventura di una notte a Capodanno quando non lavoravo per voi".

Durante la nostra conversazione Susanne mi aveva fatto il cazzo più grande e lo aveva masturbato ulteriormente. E aveva una presa molto stretta. "Ehi, non stai tralasciando nulla. Me ne ha parlato". A malincuore ho iniziato a massaggiarle il seno con entrambe le mani.

Erano davvero grandi, pensavo fossero circa 4,5 pollici e molto solidi. Coraggiosamente le ho tolto le mani dal mio cazzo e le ho tolto la camicia. "Beh, sei stupito. Credo che non abbiate mai visto un seno come questo prima d'ora. E anche loro sono reali!" Aveva fin troppo ragione. Aveva enormi areole di circa 8 cm di diametro e i capezzoli erano scuri e già completamente rigidi. Erano, tipo, a due centimetri di distanza l'uno dall'altro ed erano davvero difficili.

"Andiamo di sopra nella stanza degli ospiti. C'è un letto extra grande". L'ho seguita come in trance. Quando sono arrivato in cima, mi sono seduto sul letto e mi sono tolto la maglietta. Susanne ha anche iniziato a masturbarsi con movimenti decisi. Guardandolo, ha detto: "È bello grande, un po' più lungo di quello di mio marito e molto più grasso". Le ho appena sorriso. "Beh, una ragione in più per toglierti la gonna". Lei ha risposto immediatamente. Poi si è seduta accanto a me e ha ricominciato a masturbarsi. Ora potrei dare un'occhiata alla sua figa. Sopra era rasata, ma sotto c'era una leggera peluria.

Le ho massaggiato immediatamente la figa. Lo ha riconosciuto con respiri più veloci, un gemito morbido e una presa ancora più salda intorno al mio cazzo. Poi ho spinto le dita nella grotta della lussuria. Non mi ha sorpreso che fosse completamente bagnata. Ho usato abilmente le mie dita per aumentare la sua lussuria. Ora non potevo più trattenermi e ho iniziato ad accarezzarle i capezzoli con la bocca. Abbiamo giocato a questo gioco per un bel po' di tempo. "Continua a spingerla fuori - sto per avere un orgasmo!" È possibile, ma rispondo subito con sorpresa. "Ne ho un gran bisogno!" Come per dimostrarmi che diceva la verità, sentiva la sua figa stringersi intorno alle mie dita e il suo corpo si teneva teso Poi ha gridato la sua lussuria nel mondo. Aveva anche smesso di farmi le seghe. Il suo orgasmo era troppo intenso.

"Spero che questo sia solo l'inizio", le sussurrai. "Certo, avrai i tuoi soldi". Ora ha iniziato a prendere il mio cazzo in bocca e a farmi un pompino. Che spettacolo è stato! Questa donna da sogno si è inginocchiata a quattro zampe davanti a me nel letto, con i seni che penzolano come frutta fuori misura e ondeggiano. Quindi l'ho sopportato, ovviamente. L'ho sostenuta raggiungendo sotto i suoi seni e lavorandoli vigorosamente con le mie mani. Non ci è voluto molto e ho sentito il succo aumentare. Con determinazione ho raddrizzato la parte superiore del suo corpo e ho mosso il mio cazzo con la bocca. Le ho tenuto la testa con tutte e due le mani per stabilire il ritmo.

Una volta sono riuscito a trattenerlo, ma poi sono venuto enormemente dritto come il mio cazzo era profondo nella sua gola. Con diverse potenti spinte il mio sperma si è riversato nella sua bocca e nella sua gola. Non ha cercato di inghiottire affatto, anzi, si è persino soffocata. Quando ho finito l'ho tirato fuori.

Susanne ovviamente non vedeva l'ora di respirare. "Mi aspettavo molto sperma, ma questo era troppo per me" esclamava, esausta. Come segno che diceva la verità, il mio sperma le è uscito dalla bocca. Aveva un sapore fantastico". Per soddisfare la sua fame di sperma ha afferrato il mio cazzo flaccido e l'ha leccato pulito.

Ora siamo rimasti fermi a letto e ci siamo ripresi. "Se pensate che il vostro lavoro sia finito, vi sbagliate". Mi è piaciuta molto questa affermazione. Rapidamente ho aggiunto "Voglio venire nella tua figa e se ti piace, anche nel tuo dolce culo! "Certo, nessun problema, speravo che tu potessi mantenere la tua promessa e che non ti arrendessi prima. Ma ora parliamo di Yasmin - non mi ha ancora detto che hai avuto un'avventura di una notte. Dovrò parlarle più tardi". "E' stato due anni fa. C'erano molte coppie nel parcheggio che guardavano i fuochi d'artificio. Abbiamo fatto una chiacchierata informale e a mezzanotte abbiamo brindato. Poi una cosa tira l'altra ed è così che siamo finiti nella scatola. Non ci siamo più incontrati fino a quando non siamo arrivati in ospedale". "E non è successo nient'altro" chiese Susanne.

"Beh, mi ha offerto di restare a casa sua dopo la festa di Natale di 3 settimane fa, perché era molto tardi e avevamo entrambi il dovere in anticipo. E lì siamo entrambi appena atterrati di nuovo nella scatola. Abbiamo fatto del sesso fantastico! Solo che al lavoro ero molto stanco". "Ora devo fare un discorso serio con Yasmin! Come ha potuto non dirmelo? 'Tutti si chiedono perché non ha un fidanzato e tu l'hai già scopata due volte!

Lentamente ci siamo calmati e poi abbiamo anche dormito per circa un'ora. Il turno di notte ha appena preso il suo pedaggio. Mi sono svegliato per primo e mi sono preso qualcosa da bere. Quando sono tornato su Susanne era già sveglia. "Dormito bene? Preparerò qualcosa da mangiare per entrambi". Sono andato in cucina, forse potrei aiutarla un po', ma lei ha detto che non era necessario. Quindi dovevo essere uno spettatore. Susanne era ora tornata con la sua minigonna ventilata e il top a spaghetti, in piedi al lavandino, a lavare l'insalata. Mi è venuto subito duro quando ho guardato Susanne.

Così ho fatto un passo dietro di lei e gliel'ho strofinato tra le gambe tra la figa e il buco del culo. "Ehi, sei di nuovo arrapato? Servitevi pure se potete. Ma vi prego di sbrigarvi, la cena sarà pronta tra poco". Non c'era bisogno di dirmelo due volte e ho iniziato a massaggiarle il seno. Ha iniziato a gemere di nuovo, ha raggiunto tra le sue gambe e ha iniziato a masturbarmi il cazzo. L'ho tirato fuori poco dopo.

"Mettiti a terra, vorrei ficcartelo su per il culo". "Devo proprio? Era da tanto tempo che non mi capitava"! "Con il tuo permesso Susanne, naturalmente", ho risposto immediatamente. "No, non intendevo in quel senso. Lo usava per lubrificare la mia erezione in modo così piacevole che quasi mi staccavo. Ora si è messa a quattro zampe e ha allungato il sedere verso di me.

"Ma con delicatezza, per favore, all'inizio! Prendere un po' di lubrificante e spalmarlo nel mio buco del culo" ho fatto questo immediatamente fino a quando ho pensato che sarebbe stato sufficiente.

Ora ho spinto la sua gonna fino in alto e ho messo con cura il glande sulla rosetta. Sembrava molto stretta e avevo paura che il mio pestaggio ci entrasse. Come se Susanne avesse letto i miei pensieri è venuta verso di me con il suo culo e il mio rigido annoiato nella sua rosetta e l'ha allungata. Susanne ha subito gridato e io l'ho subito tirata indietro. "No, spingilo più dentro!", gridò. Non era un grido di dolore!". Così ho ricominciato e lentamente ho spinto 1/3. Lo ha riconosciuto con un profondo ronzio e un gemito.

"Più profondo! Più veloce!! ha urlato di nuovo. Ora ho preso coraggio e l'ho spinto fino in fondo, l'ho tirato fuori di nuovo lentamente per spingerlo di nuovo dentro. Ma questa volta più velocemente e di nuovo al limite. Sembrava che le piacesse perché gemeva e gridava più forte di quanto l'avessi mai sentita. Ora ho iniziato a scoparla come si deve. Come il pistone di una macchina a vapore sono andato e sono entrato. All'inizio le tenevo il bacino con entrambe le mani. Ma ora ho raggiunto sotto il suo top e le ho afferrato entrambi i seni che dondolavano fortemente nel tempo come due campane. Li ho massaggiati e impastati durante le mie botte più in là e più in là nel suo culo.

Ha anche avuto un orgasmo violento dopo poco tempo. Ma non mi sono lasciato andare e ho continuato a lavorare su di lei. Ma ho dovuto lasciar andare i suoi seni e tenerle il bacino perché ho finito un po' di sbuffo. Volevo guardare ancora di più i suoi due seni che penzolavano come cartoni del latte sovradimensionati e si dondolavano al ritmo. Ora ho anche notato che non poteva durare a lungo. Anche Susanne ha appena avuto il suo secondo orgasmo e ruggisce come un alce. "Sdraiati a terra, voglio cavalcarti prima che arrivi!" Così mi sdraiai sulla schiena e Susanne si sedette sopra di me, afferrò il mio pestaggio, lo appoggiò con cura sulla sua rosetta dilatata e cominciò a cavalcarmi con movimenti ritmici del suo addome.

Ora potevo vedere i suoi grossi seni dondolarsi in tempo. Così l'ho afferrata e le ho massaggiato le tette con forza. Ho notato che Susanne era molto esausta. Ora ho cominciato a spingerla dal basso. Così abbiamo scopato per qualche minuto in più quando Susanne ha urlato il suo prossimo orgasmo quando è venuto anche a me. Con diverse spinte ho sparato il mio sperma nel suo culo arrapato.

Poco tempo dopo Susanne si è lasciata sfuggire il mio pene ormai flaccido dalle sue viscere. Era chiaramente avida di aria. Ero anche molto esausto. Ci aiutavamo a vicenda sulle gambe e Susanne riusciva a malapena a stare in piedi per la stanchezza.

"E' stato semplicemente geniale. Quello è stato il mio primo vero sesso anale! Con mio marito non era semplicemente divertente. Probabilmente neanche a lui è piaciuto. Non ascolta mai quello che voglio". Mi ha dato una zewa con la richiesta di pulirmi il cazzo questa volta. "Finisco l'insalata e poi mangiamo". Ora ho potuto vedere che aveva un sacco di sperma che usciva dal buco del culo" "Guarda cosa hai fatto" ha detto ridendo e ha puntato il dito sotto la gonna. Curiosamente l'ho sollevata. Ero già molto stupito. La rosetta era ancora spalancata.

Poco dopo abbiamo cenato. C'era insalata mista e cotoletta con patatine fritte. Nessuno di noi due era cambiato. Aveva ancora la gonna e il top. Aveva sofferto un po', però. La cinghia di spaghetti destra è stata strappata durante il sesso. Si teneva ancora attraverso l'altro cinturino, ma ora erano visibili più seni. Quando si chinò, potevo vedere quasi fino al suo ombelico. Dopo cena ha detto: "Facciamo una pausa, guardiamo un film e poi torniamo a letto. Chiamerò prima Yasmin. Ora voglio saperlo con certezza". Hanno chiacchierato per almeno 20 minuti. Quando Susanne è tornata, sembrava sollevata.

"Ha subito ammesso di aver dormito con te. Le ho anche detto cosa stavamo facendo. Yasmin ha anche detto che è stata single per 3 anni e in quel periodo ha fatto sesso con un solo uomo solo due volte. Cioè con te. Posso dire dalla sua voce che vorrebbe invitarti di nuovo. Penso che sareste una bella coppia". Stavo per rispondere alla sua ultima frase, ma poi non l'ho fatto. Abbiamo entrambi lavato i piatti e parlato di cose banali. Abbiamo dovuto usare un DVD per divertirci la sera. Dopo il film, si è alzata e ha detto: "Corro a preparare la Jacuzzi. Possiamo entrambi rilassarci nella vasca idromassaggio".

Ed è quello che abbiamo fatto. Visto che era già tardi, siamo tornati nella stanza degli ospiti e siamo andati a letto. "Pensi di potermi soddisfare di nuovo? Ma questa volta nella mia figa?" "Certo, se non sei troppo stanco". "Quindi non parlare troppo, il motto è azione". Susanne ha raggiunto immediatamente sotto i coperchi e ha mosso il mio cazzo fino a quando non è stato di nuovo rigido, mentre mi sono girato verso i suoi seni e capezzoli erano di nuovo sporgenti. Ora ho spinto indietro la coperta, le ho preso le gambe in mano e l'ho sollevata. Ha spinto in avanti l'addome in modo che il glande le toccasse già le labbra. "Per favore, lasciate andare le mie gambe e spingetelo dentro" ha detto Susanne.

Così l'ho lentamente spinto nella sua grotta del piacere. Doveva essere di nuovo completamente bagnato, perché potevo entrarci senza problemi nonostante le dimensioni del mio sedere. Ho fatto una breve pausa e poi l'ho spinto dentro con uno scatto fino a quando non si è fermato. Susanne ha ululato e ha incrociato le gambe dietro la mia schiena. Ora l'ho tirato fuori quasi completamente, per poi spingerlo di nuovo dentro. Susanne ha iniziato ad ansimare e a lamentarsi di nuovo, mentre io aumentavo massicciamente la velocità. Dopo pochi minuti è arrivato il suo primo orgasmo. Ho allontanato le sue gambe dalla mia schiena, in modo che potessi davvero spingere. Con forti spinte la scopo mentre le tiro i capezzoli abbastanza forte. Doveva piacerle perché ha aumentato il volume e ha iniziato a spingermi contro il bacino.

Così abbiamo scopato almeno altri 10 minuti mentre Susanne ha avuto un enorme orgasmo, che ha messo tutto all'ombra. Ho anche sparato il mio succo d'amore nella sua figa con spinte infinite. Solo dopo aver sparato a tutto, l'ho tirata fuori e le ho dato un tenero bacio sulla guancia. Susanne era fisicamente esausta. Non era più capace di nulla. Ci siamo coccolati per un breve periodo e poi ci siamo addormentati esausti.

Solo al mattino ci siamo svegliati con i primi raggi di sole. Susanne ha detto: "È stato il sesso più caldo che abbia mai fatto ieri. Ora so cosa intendeva Susanne al telefono quando abbiamo parlato del tuo sesso". "Sì, Susanne era qualcosa di speciale", ho detto pensandoci bene. Abbiamo fatto la doccia insieme poco prima di colazione. Poi ho salutato e sono tornato a casa in macchina. Avevo molte cose per la testa lungo la strada. A casa ho guardato il mio cellulare - c'era un SMS di Katharina!

L'SMS di Katharina era sobrio. È dovuta andare a Monaco di Baviera per 4 settimane e si è dovuta occupare dei figli di sua sorella che sono in vacanza. Ma mi contatterebbe di nuovo. All'inizio ero ovviamente deluso, ma col tempo non l'ho più trovato male. Due giorni dopo ho ricevuto una telefonata dall'amministrazione comunale: "Salve, una volta si è iscritto con noi che ha una stanza ammobiliata da affittare. È ancora disponibile?" "Sì, ma a cosa gli serve? "Un'azienda locale ha bisogno di un posto dove un dipendente possa stare per sei settimane. Quindi volevamo vedere se erano disposti a farlo". "Certo, nessun problema."

Nel pomeriggio ho chiamato la compagnia e ho detto loro che la stanza era pronta. "Il vostro inquilino arriverà probabilmente in taxi questa sera. "Per favore, assicurati di essere a casa." "Nessun problema, non c'è bisogno di dirlo." "Quindi grazie ancora. Vi invieremo il contratto entro i prossimi giorni. È solo una formalità".

Devo dire che vivo in una piccola casa. L'ho comprato un anno fa a un buon prezzo. Naturalmente, c'erano molte riparazioni e ristrutturazioni da fare. Ma non è difficile. Aveva un bagno al piano inferiore, un soggiorno, una cucina e uno studio. Al primo piano c'era la mia camera da letto, oltre a una stanza per gli ospiti, un bagno e un ripostiglio. Nel seminterrato c'erano la sala hobby, 2 ripostigli e il riscaldamento. La casa aveva un piccolo giardino d'inverno, al quale era attaccato un piccolo giardino, ma io avevo almeno un po' di spazio verde, una casa estiva e una panchina nascosta sul quale potevo prendere il sole senza essere visto dalla strada.

Verso le 22:00, la campana ha suonato alla mia porta d'ingresso. Si è aperto di colpo ed è rimasto piacevolmente sorpreso. Fuori c'era una donna giapponese. L'ho invitata ad entrare. Siamo andati direttamente in soggiorno e le abbiamo portato qualcosa da bere. Si è presentata con un pessimo accento inglese e giapponese (come fanno i giapponesi in inglese). Ho anche notato che era cresciuta molto in altezza per un giapponese, l'ho stimata a 1,70 m. Si chiamava

Aki, aveva 22 anni ed era originaria di Osaka. Nell'azienda locale si sarebbe occupata dei visitatori giapponesi che erano attesi nel prossimo futuro. Ho potuto vedere che era molto stanca per il viaggio e le ho mostrato la stanza. Mi ha comunque ringraziato.

La mattina dopo mi sono alzato molto presto. Non volevo fare una brutta impressione, così ho guidato fino al panificio e ho preparato caffè e colazione. Anche Aki è uscita dal bagno dove si era rinfrescata. Indossava una gonna grigia di media lunghezza, una camicetta bianca e una giacca grigia, ovviamente indosserà questo vestito al lavoro come se fosse il suo primo giorno di lavoro. Aveva una corporatura snella, un viso eccezionalmente bello e capelli neri corti. Ma quello che ho notato di più è stato il suo grande busto, che non ti saresti aspettato con la sua corporatura. In segreto invidiavo suo marito per Aki.

Cerco di spiegare molto di più ad Aki e le ho dato la chiave di casa. Ha detto addio dopo la colazione. Anch'io sono dovuto andare in ospedale per il mio tirocinio. Nel tardo pomeriggio sono tornato a casa. Aki era già a casa. Giaceva nel giardino d'inverno sull'amaca. Solo ora ho notato le sue gambe ben formate. Si adattavano meravigliosamente al suo corpo sexy. Mi ha spiegato che avrebbe voluto cucinare per entrambi durante il periodo in cui avrebbe vissuto con me. Naturalmente ne sono stato molto contento. Le nostre conversazioni non sono andate così bene come sembra. Non capivo il giapponese e il suo inglese era pessimo, oltre allo strano accento!

Subito si è alzata, è andata di sopra e si è cambiata. Ora indossava jeans stretti e un maglione. Aki mi ha fatto capire che era urgente andare a fare shopping. Ovviamente si era guardata intorno nella mia cucina. Così siamo andati al supermercato. Ha comprato molto. Alla cassa, ha tirato fuori il portafogli senza chiedermelo e ha pagato. Tornando a casa, Aki ha cercato di spiegarmi che l'azienda in Giappone copre le sue spese. Ho pensato che fosse meraviglioso. Così ho ricevuto l'affitto e ho avuto un costo della vita molto basso.

Quando sono arrivato a casa, Aki ed io abbiamo sgomberato la spesa in cucina e nella dispensa. Ha messo un CD giapponese nel piccolo stereo e ha iniziato a preparare la cena. Ma non riuscivo a seguire quello che faceva. Come una piccola strega si è appostata in cucina. Sembrava che le piacesse. Il cibo era proprio buono. Ancora non so cosa cucinasse a volte in cucina, ma non mi importava.

Nella notte, verso le 2, cominciò a fare un temporale. Dev'essere stata una grossa bufera di neve. Intorno alla casa il vento ululava e io mi svegliavo. Ho subito pensato al corpo sexy di Aki e mi è venuto un'erezione. Mi sono spaventato quando hanno bussato alla mia porta, ho detto brevemente "sì". Anche Aki è arrivata subito. Indossava pantaloni del pigiama gialli con fiori e una lunga camicia da notte. Nel suo inglese giapponese ha chiesto: "Può dormire nel tuo letto? Non mi sento bene perché c'è vento". Ho concluso che non si sentiva bene a causa della bufera di neve. Senza esitazione, le ho permesso di venire a letto con me. Devo dire che era un grande letto matrimoniale. Anche Aki è scivolato immediatamente sotto la coperta. Era quasi dalla mia parte, ma non mi importava.

Mi sono addormentato di nuovo, nonostante il fatto che questa bella donna giapponese fosse sdraiata accanto a me nel letto solo leggermente vestita. Ma verso le 5 mi sono improvvisamente svegliato. Aki aveva iniziato ad accarezzarmi il pene di nascosto. Ho fatto finta di dormire. Grazie ai suoi sforzi mi è venuto lentamente un'erezione, che lei ha masturbato con forza. Ma ora volevo sapere. Ho fatto finta di svegliarmi spaventato.

Si è subito ritirata. Ho guardato il suo viso spaventato e poi le ho riportato la mano al mio cazzo. Ora ha iniziato a masturbarsi con due mani. Quando era duro e a grandezza naturale Aki ha iniziato a leccarlo e poco dopo ha iniziato a soffiare forte. Naturalmente non si adattava con tutta la sua lunghezza in bocca. Proprio per le sue dimensioni aveva grossi problemi. Ma ha fatto del suo meglio.

Ho acceso la luce per vederla meglio. Questa bella donna si è seduta accanto a me e ha cercato di accarezzarmi e di succhiarmi il cazzo. Si era tolta i pantaloni di notte e indossava solo la camicia da notte. Con la mano ho iniziato ad accarezzare il suo dolce sedere. Si è fermata brevemente, si è seduta sulla mia pancia e ha iniziato a lavorare di nuovo sulla mia erezione. Quello che mi è stato offerto lì era indescrivibile. Ha allungato il suo dolce culo con una mini rosetta per me. L'ho alzata un po' per vedere meglio. La sua figa non la riconoscevo, non era rasata, anzi, portava con sé una vera pelliccia. Così ho iniziato a lavorare sulla sua figa con le dita.

L'umidità totale nella sua grotta della lussuria mi ha reso molto più facile perché non avevo mai visto una figa così stretta prima d'ora. Con le dita sono entrato e uscito, l'ho scopata a lungo in questo modo. Di tanto in tanto le succhiavo le labbra fino a quando non era più possibile. Riconosceva tutto con suoni acuti di cigolio e lamenti come se non avessi mai sentito una donna prima d'ora.

I miei sforzi hanno avuto successo anche perché Aki ha improvvisamente stretto la figa in modo che le mie dita non potessero più muoversi, il suo corpo ha tremato e lei ha gridato e gridato il suo orgasmo. Aki ha immediatamente smesso di lavorare al mio stand e si è sdraiata accanto a me. Neanch'io volevo più trattenermi, così mi sono seduto accanto a lei e l'ho scopata con il culo in bocca. Non ho dovuto aspettare a lungo e il mio sperma si è riversato in bocca. Non poteva ingoiare tutto e lasciare che si esaurisse involontariamente. Ma non avevo ancora finito e ho sparato il resto del mio sperma sul suo viso e sui suoi capelli con enormi scatti. Il suo viso, spalmato di sperma, sembrava semplicemente arrapato.

Aki mi ha sorriso e mi ha detto: "Bel cazzo grande. Non ho mai visto un cazzo grosso". Ho capito cosa voleva dire. È andata al registratore e si è lavata il viso. Poi si sdraiò a letto con me, si abbracciò a me e si addormentò subito.

Ora che era il fine settimana, potevo dormire un po' di più e non avevo fretta. A colazione avevamo ancora addosso i vestiti per dormire. Coraggiosamente l'ho afferrata sotto la camicia mentre mordeva i rotoli. Ho notato le dimensioni del suo busto proprio all'inizio. Quello che sentivo erano tette fantastiche con capezzoli meravigliosamente grandi e duri. Segretamente ho pensato che Aki avesse bisogno di un porto d'armi per la sua facciata. Perché non indossava il reggiseno, ma il suo seno era ancora in piedi, non c'era niente che penzolasse dal suo corpo. Ho spinto la sua camicia per avere una migliore visione del suo seno. I capezzoli non avevano un atrio, ma erano comunque enormi.

Questa vista mi eccitò, perché mi venne subito un'erezione, cosa che Aki notò, perché mi spinse giù i pantaloni e si masturbò mentre continuava a mangiare il suo rotolo. Da parte mia ho iniziato a massaggiarle il seno e a succhiarle i capezzoli. Sono diventati ancora più grandi e più solidi. Aki sembrava notare che non poteva durare molto di più con me. Si chinò e cominciò a lavorare sul mio donatore di lussuria secondo tutte le regole dell'arte. E l'ha fatto bene!!! Dopo qualche minuto di lavoro sul suo seno, le ho sparato un grosso colpo in gola. Ha inghiottito il più possibile, ma alcuni spermatozoi le penzolavano ancora in faccia. Le ha asciugate via e le ha morse con gusto nel suo rotolo. Mi ha sorriso. L'ho interpretato come un segno che le era piaciuto.

La mattinata è passata in modo piuttosto irregolare. Aki ha messo via il resto della sua roba, ha chiacchierato e spedito per posta con gli amici. Nel pomeriggio siamo andati in slitta. Giocava come una bambina. Aki si è divertita con la neve e la slitta. Mi ha detto che questo non è possibile per lei in Giappone. In quell'occasione abbiamo parlato del nostro sesso. All'inizio Aki ha esitato, ma poi è diventata più loquace. Ho scoperto che non ha avuto problemi a causa del nostro sesso, dato che non c'è niente che non va con suo marito. Un po' sollevati siamo tornati a casa la sera, abbiamo fatto una doccia veloce e abbiamo cenato.

All'ora di andare a letto si sdraiava accanto a me, naturalmente, ma nuda. Ho preso anche questo come un invito a spogliarmi. Prima ci siamo baciati e coccolati a lungo. Ho anche avuto di nuovo un'erezione enorme. Aki non se ne era mai accorta, perché si è sdraiata sopra di me e ha iniziato a lavorare sulla mia erezione con amore. Non sono stato nemmeno ozioso e le ho leccato la figa abbondantemente. Il suo miele di fica aveva un sapore in qualche modo amaro, ma comunque piacevole. Con le dita ho anche penetrato nella sua figa stretta e l'ho diteggiata duramente. Aki ha iniziato a cigolare e a gemere stranamente di nuovo e dopo pochi minuti ha avuto un enorme orgasmo. La mia lingua ha continuato a penetrare in profondità nella sua figa in modo che potessi sentire chiaramente l'orgasmo.

Ma ora Aki è andata fino in fondo. Si è seduta su di me e ha iniziato a strofinare il mio caffellatte sulla sua figa. Poi ha lasciato che il mio cazzo scivolasse nella sua figa stretta con un urlo. Lentamente ha cominciato a cavalcare il mio cazzo. La sua grotta del piacere ha ovviamente iniziato ad allungare Aki ha aumentato enormemente la velocità. Urlava la sua lussuria con cigolii e gemiti. Mi sono aggrappato al suo seno e l'ho sostenuta nella scopata spingendo il mio cazzo dentro di lei al momento giusto.

Aki ha avuto diversi orgasmi e non riusciva a smettere. Ha spinto alternativamente la mia erezione nel suo buco del culo e di nuovo nella sua figa. Avrei sparato il mio succo nella sua figa diverse volte, ma lei in qualche modo sapeva come impedirlo. Il mio cazzo ha già cominciato a farmi male. Aki ha rallentato il ritmo con il tempo. Non c'è da stupirsi, mi ha cavalcato per almeno 10 minuti con un'intensità che non avevo mai sperimentato prima. Ora è arrivato il momento in cui non poteva più trattenermi. L'ho tirata giù da me, l'ho baciata intensamente e ho sparato diverse cariche enormi nella sua figa. Un ultimo tremendo orgasmo ha attraversato il suo corpo. Non ho potuto tirare fuori il mio cazzo subito, la sua figa non l'ha ancora rilasciato. Abbiamo fatto sesso altre tre volte quella notte. Non ne aveva mai abbastanza.

Con il passare delle settimane, è diventato un addio lacrimevole da parte sua. Ha fatto uno stampo del mio caffellatte per farlo diventare un dildo. Era un bel periodo, io avevo imparato un po' di giapponese e Aki aveva imparato un po' di tedesco. Ma ho iniziato il mio nuovo lavoro in 3 giorni e mi confortava il fatto che ora avrei visto più spesso Susanne e Jasmin.

Il tempo è passato abbastanza velocemente. Aki era tornata in Giappone da molto tempo, abbiamo avuto contatti regolari per posta. Ho già ricevuto un suo invito. Ma per un viaggio del genere ho dovuto risparmiare un sacco di soldi. Avevo già da tempo iniziato il mio nuovo lavoro come addetto all'assistenza informatica e la primavera aveva già portato i primi giorni caldi. Una sera il telefono squillò. Era Katharina. Mi ha chiesto di venire il sabato successivo perché aveva bisogno del mio aiuto.

Sabato mattina ho guidato fino a Katharina. Non sapevo davvero cosa volesse da me. Ma ho ripensato con gioia alla nostra esperienza in ospedale. Viveva non lontano da me in una bella casa a schiera. Il mio cuore batteva quando ho suonato la campana. Anche Katharina mi ha aperto subito. Indossava jeans stretti e una maglietta con scollatura bassa. Questo vestito ha enfatizzato immensamente le sue curve perfette. "Ciao, eccoti qui", disse allegramente. "Sono contento che tu abbia invitato anche me. Solo che non conosco ancora il motivo. Ma mi piacerebbe rivederti". Vedevo che qualcosa la preoccupava.

"Sì, il motivo è che volevo davvero rivederti. "La prossima settimana mi trasferisco a Potsdam con mio marito. "Ha trovato un lavoro meglio retribuito. Al momento è lì per il fine settimana. Voglio approfittarne, perché dopo che mi sarò trasferito, probabilmente non ci vedremo più.

"Poiché questo è vero. La strada per Potsdam è lunga". "Pensavo che avremmo passato un altro po' di tempo arrapato insieme. Il tuo cazzo mi ha eccitato immensamente. Ho convinto mio marito a farsi allargare il pene, ma da allora stiamo andando meglio e sono incinta anch'io, ma c'è qualcosa di speciale nella tua cosa". "Uh-huh", voglio dire, solo per un secondo, con un gran sorriso in faccia. Katharina sembrava impaziente ora e diceva solo "Dai, prima divertiamoci un po'. Sergei sarà a casa domani pomeriggio. Dobbiamo usare il tempo".

Come per dimostrare che la capivo, le ho afferrato il suo grande seno. Non indossava il reggiseno, ho notato con piacere. "Vieni in cucina - ti faccio un pompino" ha detto con un sorriso. L'ho seguita e mi sono appoggiato al tavolo da pranzo. Anche Katharina è arrivata al punto e ha disimballato il mio stand. Le ha fatto un gran bel sorriso. Immediatamente ha leccato l'asta e mi ha massaggiato le palle allo stesso tempo. "Ti prego Kati, mettitelo in bocca. Ti prego!"

Ha soddisfatto la mia richiesta e si è messa il mio pene in bocca e ha iniziato a succhiare e a soffiare. Ma io volevo di più. Con entrambe le mani le afferrai la testa e le ficcai brutalmente il mio pestaggio in gola. Kati ha solo ansimato e ha aperto gli occhi. Ho cominciato a scoparla con movimenti sempre più veloci della testa. Ma le ho anche dato la possibilità di prendere fiato. "Kati non ha scosso la gola così velocemente. Lasciate fare qualcosa anche a me". Così mi sono inginocchiato, lei si è inginocchiata davanti a me e ha lavorato fino all'erezione. Ho raggiunto sotto la sua camicia e ho cominciato ad impastare e a massaggiarle il seno. I suoi capezzoli si sono subito induriti e sono rimasti dritti. Mentre stavo su di loro le ho tirate fuori più volte e le ho attorcigliate.

Kati alzò brevemente la mano per segnalare che sarebbe venuta presto. Non è passato molto tempo prima che finisse il mio tempo. Così ho allungato la mano, lei ha spinto i jeans e si è infilata un dito nel buco del culo. Così ho cominciato a scoparla con il dito. Un po' più tardi siamo arrivati entrambi a un tremendo orgasmo allo stesso tempo. Tremava su tutto il corpo mentre io le sparavo il mio succo in grossi getti in gola. Ma non ha cercato di inghiottire, ma ha lasciato che la maggior parte di essa finisse nelle sue mani e se l'è spalmata su tutto il viso. "Semplicemente fantastico", ha detto ridendo.

"Mio marito è finito dopo due riprese". "Ma era abbastanza per un bambino", ho detto. "In che mese sei?" "Quattro mesi. "Il ragazzo mi ricorderà sempre di te. "Tu sei il padre. Abbiamo avuto un breve ONS dopo la discoteca dopo il mio soggiorno in ospedale e poi è successo. Ma mio marito pensa che il bambino sia suo. E gliel'ho lasciato credere. Non devi preoccuparti. Ho fatto sesso con lui la stessa notte - posso dire che è suo, ma il mio istinto mi dice che è tuo.

Dopodiché, avevo bisogno di un "tirami su". Abbiamo entrambi bevuto un bicchiere di vodka, che ci ha aiutato a migliorare l'umore. "Andiamo di sopra adesso - ho già messo un lenzuolo fresco sul letto". Al piano di sopra mi aspettava una sorpresa. Sul letto c'erano delle manette. "Voglio che mi leghi le mani dietro la schiena con questi." "Sai che non voglio SM". "Non devi, basta che mi ammanetti". Ho fatto lo stesso per lei. Ora era sdraiata sul letto, riusciva a malapena a muoversi. Così l'ho spogliata nuda. Da quando è stata legata, ho solo strappato la camicia. La sua nudità era sufficiente e il mio cazzo era di nuovo a grandezza naturale. "Beh, è una cosa veloce, ma ora prendi me".

Lentamente mi sono spogliato e mi sono goduto la sua vista. Le sue tette si sono leggermente abbassate di lato - questa pienezza segue la gravità. I suoi capezzoli erano ancora duri e grandi, la sua figa era completamente depilata. Ora mi sono seduto davanti a lei, ho messo il mio cazzo davanti alla sua figa e ho iniziato a toccarle le labbra. Stava già uscendo un primo trofeo. Ora volevo di più. Mi sono chinato su Katharina - e ho spinto il mio cazzo con un solo movimento completamente nella sua figa. "Sì, scopami!!!!", gridò. Non gliel'ho lasciato dire due volte, appoggiandosi con entrambe le mani sulle sue tette e spingendo il mio cazzo nel suo corpo delicato come il pistone di una macchina a vapore. A volte più lento, a volte più veloce. Katharina urlava ad alta voce secondo i suoi orgasmi, che ho sentito anche quando la sua figa si è contratta.

"Presto non potrò più" ha premuto Kati "Dai, fammi ubriacare! Non c'era bisogno che me lo dicesse. Ho sparato il mio sperma nella sua figa stretta in infiniti getti. È schizzato fuori dal davanti e non avevo ancora finito.

Esausto, mi sdraiai accanto a lei e le tolsi le manette. "Spingi la mano nella mia caverna e tira fuori lo sperma" sussurrò dolcemente Katharina. Ovviamente anche lei era esausta perché parlava solo molto dolcemente. Così ho messo la mano davanti alla sua figa e ho cercato di penetrare. Con grande sforzo ho spinto un dito dopo l'altro nella sua figa. Ho allungato sempre di più l'ingresso. Kati gemeva e piagnucolava in modo inequivocabile. Sembrava completamente caldo. Diventai coraggioso e cercai di inserire tutta la mia mano nell'angusta fessura. Ci sono riuscito solo con difficoltà, perché in quel momento ha avuto il suo orgasmo. La sua figa è andata leggermente zoppicando e così ho spinto la mia mano con una sega. Con leggeri movimenti del cazzo ho cercato di penetrare più a fondo.

"Sì, fatelo! Più veloce!" Mi ha oliato lo sperma e il miele della figa sono riuscito a scoparla in questa figa stretta quasi senza sforzo. È stata la prima volta per entrambi. Ora Kati ha afferrato il mio cazzo e ha cominciato a masturbarlo brutalmente - era sulla schiena e l'ho scopata con la mano. Mi ha fatto un male così forte che mi ha tirato il cazzo. Ma più violentemente la scopavo con la mano e lei ha avuto di nuovo un enorme orgasmo. Pensavo che le ossa della mia mano si sarebbero rotte così fortemente che la sua figa si sarebbe contratta.

Anche con me è stato il tempo e in diverse spinte il mio sperma sparato sulle sue tette. Ora ho anche tirato fuori la mano dalla sua figa. C'è stato un forte "pop" quando l'ho avuta fuori. Spalmato di sperma e muco la mia mano sembrava la mano di un alieno. L'ho sparso su tutto il suo seno e la sua pancia. Ci siamo addormentati esausti. In seguito ci siamo fatti un bel bagno. Ora era già sera. La cena era molto gustosa.

Eravamo anche molto affamati perché entrambi avevamo speso molte energie. In qualche modo non eravamo più in vena di sesso e siamo andati a letto a dormire. Mi sono svegliato per primo. Alla vista di Katharina mi è tornato subito duro, che ho sfiorato il suo petto. Questo l'ha svegliata. Senza esitazione ho iniziato a lavorare il mio cazzo sulla sua bocca. Volevo qualcosa di diverso questa volta. "Dai, siediti un po'. Ti faccio da dietro. "Ma attenzione, non è così facile. Così ho afferrato il tubo di lubrificante sul comodino e ho voluto strofinarlo sul mio cazzo. Ma poi ho avuto un altro pensiero.

"Per favore, mettiti a quattro zampe". Kati lo segue immediatamente. Ho preso il lubrificante, l'ho messo sul suo buco del culo e ho spinto dentro tutto il tubo. "Fa così freddo. Non è fatto per essere freddo." "Ora lo è. Attenzione!" Senza esitazione, le ho messo la coda sul buco del culo. Il lubrificante si stava versando. Con 3 colpi decisi ho avuto il mio cazzo in piena lunghezza grazie al lubrificante. Kati ha gridato, ovviamente le ha causato dolore. "Che male!" "Devo continuare?" "Sì, continua" le è uscito dolcemente dalla bocca.

Così ho iniziato a fotterla in modo uniforme sul suo didietro. A volte di più, a volte di meno, ho tirato fuori il mio cazzo e poi l'ho rimesso dentro. Anche il lubrificante stava facendo il suo lavoro, per cui è diventato un po' più facile. Allo stesso tempo le ho impastato e massaggiato i seni, le ho tirato e fatto roteare i capezzoli fino a farglieli venire. Ora ho aumentato la velocità e l'intensità e l'ho scopata ad altri 2 punti salienti. Dopo di che è stato sufficiente anche per me. Immediatamente ho tirato fuori il mio cazzo e mi sono inginocchiato accanto al suo viso. Katharina ha aperto la bocca in attesa. Ora le ho sparato il mio sperma in faccia, in gola e nei capelli.

Ora ero piuttosto esausto. Ma Kati sembrava solo arrapata. Aveva ancora sparso lo sperma sul suo petto possente e mi aveva pulito il mio cazzo flaccido con la lingua. Naturalmente non potevo trattenermi e leccarle il seno come due palline di gelato giganti. Aveva un sapore semplicemente meraviglioso. "Ora ho visto per la prima volta quanto sperma e c'è così abzrückst. Semplicemente gigantesca questa quantità. La tua ragazza può considerarsi fortunata" "Sì, ce n'è una - ma non siamo ancora andati d'accordo". Nel bel mezzo della nostra conversazione il telefono squillò. Kati si e' alzata e l'ha presa. Lo sperma gocciolava dal buco del culo tra le gambe e sulle cosce. Lo sperma le pendeva tra i capelli come un serpentello.

"Devi alzarti. Mio marito tornerà tra due ore. Se n'è andato prima. Dovrò pulire e cambiare il letto. Aveva assolutamente ragione. Con il cuore pesante abbiamo fatto di nuovo la doccia e lavato le tracce del nostro amore per il nostro corpo. L'addio è stato breve perché andavamo di fretta. Ero quasi dietro l'angolo in macchina quando ho visto l'auto di suo marito nello specchietto retrovisore.

Aki (la mia coinquilina giapponese) si è fatta fare una foto del mio cazzo come dildo. Me ne ha mandate 3 per posta dal Giappone con una bella lettera. Katharina ha ricevuto un pacco da me poco dopo........................ Non ci siamo più visti, ma le sue mail hanno dimostrato che il pacchetto le è piaciuto.